数码
摄影师速成

李涛　宋晓菊　大星　编

U0132767

化学工业出版社
·北京·

编写人员名单（排名不分先后）

宋晓菊　高　彦　孙玉亮　白薇薇　杨　昆　杨学敏　范颖杰

张卓群　邓　辉　包田江　李连友　孙秀英　李　沛　李伟星

王艳晶　包田鸽　张　峰　李　涛　李大星　贾佳美慧

图书在版编目（CIP）数据

数码摄影师速成／李涛，宋晓菊，大星编.—北京：
化学工业出版社，2009.7
（数码摄影傻瓜书）
ISBN 978-7-122-05505-7

Ⅰ. 数…　Ⅱ. ①李…②宋…③大…　Ⅲ. 数字照相机－摄
影技术　Ⅳ. TB86　J41

中国版本图书馆CIP数据核字（2009）第068310号

责任编辑：徐华颖　　　　　　　　　装帧设计：胡海宁
责任校对：顾淑云

出版发行：化学工业出版社（北京市东城区青年湖南街13号　邮政编码100011）
印　　装：北京画中画印刷有限公司
720mm×1000mm　1/16　印张6½　字数130千字　2009年10月北京第1版第1次印刷

购书咨询：010-64518888（传真：010-64519686）　售后服务：010-64518899
网　　址：http://www.cip.com.cn
凡购买本书，如有缺损质量问题，本社销售中心负责调换。

定　价：25.00元　　　　　　　　　　　　　　　　版权所有　违者必究

前言

　　在数码相机成为每个家庭必备的时代，我们的生活中出现了更多影像的印迹，这些影像记录了开心、记录了感动、记录了发生在每个人身边的点点滴滴。事实上，数码相机的普及已经使得摄影慢慢地成为了生活中不可缺少的一部分，拍照片也成了普通人信手拈来的一件事情。而如何能拍出高品质的照片，更是每个摄影者的心愿。

　　作为摄影工作的实践者，我们将会以自己的亲身感受和实际经验向读者介绍影像和人们生活的关系，如何快速掌握基本且有效的摄影技能，以及如何进行最为便捷地摄影实践。例如，拍摄自己的家人和朋友，为他们留下一张津津乐道的好照片；记录旅行中最打动你的瞬间，将美景完全展现于方寸之间。而对于那些刚刚接触数码摄影的朋友来说，本书则承担了摄影知识的普及任务，希望能引领你进入美好的影像世界。

　　在匆忙的生活中抽出一些时间阅读本书，一定会让你的摄影水平大有提高，使你能够快速地踏入数码摄影师的行列。不论你的摄影是为了工作，还只是为了娱乐，这本书都会提供给你想要的信息。当然成功还来源于实践，我们衷心地希望读到这套书的每一个人，都能够在实践中创作出高质量的照片。

编者

目录 CONTENTS

1 数码相机的选购

1.1 数码相机的优势

首先为朋友们介绍一下有关数码相机的基本知识。

数码相机英文全称Digital Camera，简称DC，相信朋友们对"DC"这个词不会陌生。近年来，数码相机作为一种电子产品迅速、大量地进入家庭，已经成为了很多人生活中不可缺少的一部分。但大家不要以为数码相机就是这几年科技发展的产物，其实早在上个世纪中叶，就是电视机出现的那个年代，在美国就已经出现数码相机的雏形。起初应用在了美国的航天领域，最早的CCD（Charge Coupled Device 电荷耦合器件）就诞生在那个时候，并和"阿波罗"登月飞船上了太空。CCD的诞生解决了数码图像采集装置的画质问题，你最好能记住CCD这个名词，因为它对于数码相机太重要了，通俗地说，CCD就相当于传统相机里的胶片。

上面这段文字，介绍了很多专业术语，也许你很难一时全弄明白，但这并不重要，因为我还会在以后的章节里面做详细介绍，多了解一些数码相机的历史，对你用好手里的这个家伙总是会有所帮助的。

数码相机的优点有很多，例如:

拍照之后可以立即看到清晰的图片，从而提高了拍照者对照片的判断力，对于不满意的作品可以立刻重拍，不留遗憾。

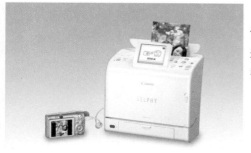

可以随意挑选准备冲洗的照片，而不用像使用传统相机一样将所有胶片都冲洗出来，看看效果再定夺，并且还能删除其他不需要的照片。

先进的图像后期处理软件，使得对照片的处理或调整变得非常简单。各种具体的参数都在我们的控制之内，而不会像原来那样过于依赖胶卷的质量。

另一方面数码相机的感光度也不再像胶卷那样固定。在不同的光线环境或者为达到特定的效果时，拍照者可以方便地设定感光度的高低，因为光电转换芯片能提供多种感光度选择。

总的说来，数码相机就是便捷、快捷，从拍摄到出照片简化了许多环节，为众多使用者提供了极大的方便。从照片画质这个角度来说，目前胶片依然保持着一些优势，但面对如此迅猛发展的科技，数码照片达到胶片的画质、甚至超越胶片，也是指日可待。

事实上，数码相机的优点的确不是一两句话就能概括全面的。方便、快捷、成本较低是它的优势，其代替传统相机而大行其道已经成为了不可逆转的趋势。至于，那些依然享受把玩胶片相机乐趣的朋友们，也不必忧心忡忡，毕竟，胶片还是有着别样的乐趣啊！

总之，时刻记得这一点，相机只是你手里的工具，创造出什么样的美、拍出什么样的好照片，相机后面的你才是最重要的。

鉴于目前数码单反相机的日益普及，本书将会着重介绍数码单反相机，对于消费级数码相机（也称卡片机），也将会做特别推介。

经常会有朋友问起这样的问题，想买台相机却不知道买什么样的。其实，面对这个问题实在是有太多的答案了，归纳起来，还是要从以下几个方面衡量。

首先是用途，就是主要用这台相机来拍些什么照片，只有了解自己的需求，才能有的放矢地选择并购买到自己真正需要的机器。否则，有可能花了很多钱买回来的相机，结果发现功能不能满足自己的要求，或者功能太多根本用不到。我们可以想想买了数码相机是用来做什么的。比如，有的朋友买数码相机是为了出去旅游，如果仅仅是拍些纪念照用，不想更换镜头，一个准专业级的卡片机就足够了；有的朋友是为了学摄影，这时由于卡片机的可调节性比较小，功能相对简单，就需要一个可换镜头的数码单反相机了。照片的输出问题也需要事先考虑好，要考虑到自己是否需要冲印很大的照片或者仅仅是在屏幕上看。通过这样考虑，我们才能决定需要购买多少像素的机器，如果仅仅是在屏幕上看，那么300万像素的机器已经足够了；如果是要冲印，而且要冲印到10英寸以上，那么我们就需要买像素尽量高的相机。

接下来，就要考虑预算问题了，目前市场上各种价位的数码相机，从千元机到万元机，甚至数万元的，种类繁多，选择空间非常大。我们应该依照自己的经济能力决定一个可以承受的心理价位，比如3000~4000元或者6000~7000元等。这样可以帮助我们节约不少时间，可以在选择的时候更有目的性。如果原来使用了专业级的胶片相机，最好买同一个品牌的专业数码相机，这样可以继续使用原来的镜头，降低费用。

再者，关注相机的外观也是选择相机的一个重要因素。无论是消费级数码相机还是数码单反相机，想要立足市场，成为极具竞争力的产品，相机的生产厂家都是非常重视外观设计的。近期市场上更是推出了具有近乎于单反画质的卡片机（如适马dp1），将单反相机的1400万像素CMOS（Complementary Metal Oxide Semiconductor 互补金属氧化物半导体，电压控制的一种放大器件，可在数码相机中使用，功能同CCD）置入小巧的机身当中，其设计精巧堪称完美，只是价格不菲。相信，数码相机的生产者，一定会秉承着"又好看又好用"的原则，为广大的相机用户制造出设计感更强，且操控更具人性化的数码产品。

以上粗略地介绍了购买数码相机的心理依据，接下来要说的购机实战，相信会对大家有更加实际的帮助。

1.3 掌握二要素，成为购机达人

在商场或者数码城购买数码相机之前一定要做到心中有数，和售货员沟通起来才会有针对性，也不会轻信卖场和经销商的极力宣传。那么，首先要掌握两个要素。理解了它们，就不会在卖场的相机山海中晕头转向了。

要素一：像素

　　在众多数码相机的宣传中，"千万像素"作为一项惹眼的参数会优先映入人们眼帘，这或多或少的证明了像素的重要性。那么像素到底是什么呢，在此，引用一段关于像素定义的描述："像素"（Pixel）是由 Picture(图像) 和 Element(元素)这两个单词的字母所组成的，是用来计算数码影像的一种单位，如同摄影的相片一样，数码影像也具有连续性的浓淡阶调，若把影像放大数倍，会发现这些连续色调其实是由许多色彩相近的小方点所组成，这些小方点就是构成影像的最小单位"像素"。这种最小的图形的单元能在屏幕上显示通常是单个的染色点。越高位的像素，其拥有的色板也就越多，越能表达颜色的真实感。 也就是说像素越多，照片的颗粒就越细。相应地拍摄对象的细节部分就表现得越好。因此，像素决定了数码相机的图像质量，像素越大，照片的分辨率也越大，在打印质量不变的情况下，打印尺寸同时也会越大。

　　另外一个值得介绍的概念是，"总像素"和"有效像素"。 有效像素是指真正参与感光成像的像素值，而总像素则表示的是感光器件的真实像素，这个数据一般会包含了感光器件的非成像部分（即包含有效像素）。所以，大家在购买数码相机的时候，更应该注重看数码相机的有效像素是多少，有效像素的数值才是决定图片质量的关键。

总相素　　　有效相素

　　需要补充一点的是，许多初次购买数码相机的用户都会把像素做为考虑的首要因素，在他们看来像素是判定数码相机品质高低的基础，似乎高像素的数码相机就必然会得到高品质的拍摄效果。事实上像素和品质之间远非正比关系那么简单，影响数码相机的品质的因素很多，比如下面我们要讲的镜头。

要素二：镜头

就像上面所讲的那样，镜头的好坏对于考量一款数码摄像机的成像也是非常重要的。相信很多朋友在物理课堂上都曾听到过小孔成像的原理，因此，可以很容易理解直射的光线作用在某种特定的材质上，经过某种化学反应，就会形成肉眼能看到的影像，而镜头就是光线在到达感光介质前的通路，虽然在现实中，即使光线不通过镜头这一特定光路，哪怕仅仅是通过一个小孔射到某种介质上也能形成影像。既然如此，为什么还需要镜头呢？现在就要先让大家了解一下，镜头是怎么回事，镜头对于光线到底做了什么改变呢？

小孔成像有两个致命的缺点，一是成像的清晰度不够；二是小孔的通光亮很少，胶片的曝光时间很长。这两个缺点使得小孔成像很难在民用领域得到更大发展。而镜头的出现，完全改观了这个局面。足够大的通光口径，让曝光时间变得很短，以至于能捕捉到猎豹飞奔的镜头；镜头还能聚集光束，可以产生更清晰的影像，这两点非常有意义的指标，使得镜头应用和发展的空间变得无限宽阔。

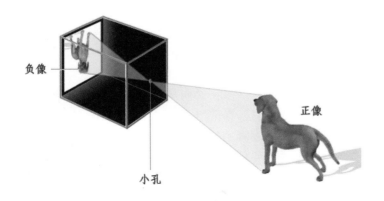

负像

正像

小孔

选购镜头时需要注意的指标就是光圈和焦距了。光圈的大小以数字表示，数字越大表示光圈越小，也就是进入的光线量越少。光圈越大就越能适应不足的光线，如果能有两种以上的光圈值，相机的应用弹性会较大。光圈是影响曝光的重要机制之一，通常指镜头组内5~9片的金属薄片所组合的控制装置，可以形成大小不同的圆圈以控制进入镜头内的光线多少。而镜头所标示的都是指该镜头的最大光圈，也就是全开状态下的值，比如：1:3.2，但在变焦镜头上则会看到9.2~28mm 1:2.8~3.9的标示，表示在焦距为9.2mm时的最大光圈是F2.8，而焦距为28mm时的最大光圈则为F3.9。高品质的大光圈镜头可以得到更大的通光量并且保证效果出色的影像还原。

焦距也称焦长，通常是指透镜轴心线上的中心点至影像可清晰成像时的距离长度，在相机中则指整个镜头组的焦距，单位是mm(毫米)。焦距越长，镜头可视范围的角度越窄，但具有放大、接近的效果，就像望远镜的镜头一样；焦距越短，拍摄范围就越大，相对物体会较小，适合在近距离拍摄较大的场景，也就是我们常说的广角镜头。而那些标称值非常高的数码变焦功能，由于在使用的时候影像品质劣化非常明显，所以基本上没有什么实际使用意义。

1.4 精打细算买配件

买了相机下一步当然是选购配件了。配件其实是相当重要的，如果买得不好，那么可能会影响到我们的正常拍摄。通常我们可能需要购买的配件有存储卡、电池和充电器、UV镜和转接环、相机包等。

初次购机时非常容易发生这样的错误，即便有所准备来到卖场，购买到的相机也确实是比较实在的价格，事情还没有完。特别是一些利润已经非常低的型号，商家往往很容易接受消费者提出的价格，选定相机谈妥价格后，必然会选购存储卡、备用电池等配件，商家把利润全都压在了这个上面。几乎清一色的商家都会提供品牌较差的存储卡，当消费者要求一些高端品牌的时候，商家则会以缺货为理由搪塞。

另外，一次性不要购买太多配件，诸如备用电池、附加镜等，可以根据自己使用一段时间后的实际需要再来考虑，毕竟原厂配件的价格都比较贵。

核对包装盒内的原装配件也是比较重要的一步，特别是一些会随机附带两块电池的机型或者大容量存储卡的机型需要格外注意，小心商家把随机配件取出分开出售。

高速卡

存储卡：买存储卡的时候要考虑到自己日常的拍摄量，并结合自己的数码相机来决定所需要购买的卡的容量。其次，我们需要考虑卡的品牌。目前市面上卡的品牌有不少，卡的品牌从某种意义上决定了卡的质量。再次，我们要考虑卡的速度。现在销售的卡有普通速度和高速卡两种，如果你需要拍摄RAW甚至TIFF格式的照片，那么尽量买高速卡。

电池和充电器：数码相机所用的电池一般有两种，一种是可充电锂电池，一种是AA（5号）镍氢电池。对于可充电锂电池我的建议是大家到正规商店购买，一方面有质量保证，另外一方面买到假货的概率也比较少。镍氢电池方面目前GP超霸电池也不是很贵，而且品质一流，当然国产品牌也不差。我们尽量买容量大点的，比如2000mAh的。对于充电器，现在很多数码相机均随机赠送，这里就不详细介绍了。

UV镜和转接环：UV镜对于数码相机而言的主要功能就是保护镜头。是不是需要买这个，我觉得首先要看使用的是什么机器。如果是卡片机，那么还是不要考虑的好。因为通常UV镜靠转接环或转接桶才能装在机器上，这样就增大了相机的体积。如果是单反相机，UV镜就是一个必需品了。UV镜的品牌有很多，建议考虑多层镀膜的。购买UV镜的时候我们还要考虑UV镜的口径，如果对这个不是很熟悉的话，那么可以带着相机去购买，否则买了装不上就麻烦了。

摄影包：一定要考虑到放配件的位置，而且要带着机器去购买。这样才可能买到合适的。摄影包不是越大越好，而是适合才是最好的。摄影包的各个部件要坚固，连环套扣更要检查好，因为在背包过程中发生肩带断裂，摔坏相机就得不偿失了。此外，还要注意包的材料，尽量买能够防水的包。

不论如何，数码相机终究只是我们生活中的一种工具，我们需要借助这个工具，并掌握操作它的基本技巧，这样就可以发挥你的想象力，来畅游美好的影像世界了。

小贴士

购买相机时需要注意的事项

一定要选择正规且信誉度高的商家购买数码相机，在拿到相机的时候要仔细观察机器的外观，这个步骤主要是检查相机外观是否有"硬伤"，各种操作键是否有效；接下来，也是很重要的一个环节就是验证机身及镜头的编号，和销货单上的货号是不是一致，这个步骤直接关系到相机的真伪，对今后的售后维修也是一个凭证；最后还要检查好实际商品和配件单上的标注，配齐各种配件后，保存好发票和保修卡。大多数售出的数码相机在很长一段时间里是没有什么问题的，但千万不要抱着侥幸心理节省这几个步骤，一旦出现问题，有偿的维修费用就没那么便宜了。

2 数码相机的设置

2.1 数码相机结构简介

首先，向大家传达一个概念，数码相机和传统的胶片相机的成像原理是相同的，基本的操作也没有很大区别。数码相机是由镜头、CCD（或CMOS）、转换器和处理器、LCD（液晶显示器）等部分组成。通常它们都安装在数码相机的内部。数码相机中只有镜头的作用与普通相机相同，它将光线汇聚到感光器件CCD上，CCD代替了普通相机中胶卷的位置。它的功能是把光信号转变为电信号。这样，我们就得到了对应于拍摄景物的电子图像，但是它还不能马上被送去计算机处理，还需要按照计算机的要求进行从模拟信号到数字信号的转换，模数转换器和微处理器对数字信号进行压缩并转化为特定的图像格式，例如JPEG格式。最后，图像文件就被存储在内置存储器（各类存储卡）中。至此，数码相机的主要工作已经完成，剩下要做的是通过LCD查看我们拍摄到的照片了。

2.2 数码相机的智能场景模式

什么是场景呢？通俗地说就是拍摄时，你所处的不同时间或者空间。因为我们不可能总是在相同的时间和地点拍照片。相机要有不同的处理方式，才能适应这些变化。数码相机就是在生产的时候，预设了一些常用的场景模式，方便用户根据现实情况灵活应用。

数码相机一般都会在机内预先调节好光圈、快门、焦距、测光方式及闪光灯等参数值，以便于经验不足的用户拍出有一定质量保证的数码相片。但是仅仅用一个自动模式，而在不同的拍摄环境中，相片的质量也是难以保障的。因此为了更加方便用户的使用，几乎所有的数码相机厂商在数码相机内加入了数种场景模式。这些场景模式的设置更加人性化，显示更加直观，操控也方便，能帮助拍摄者便捷且准确地拍摄出高质量的照片。

目前，数码相机内的场景模式少则几种，多则几十种。以下重点介绍几种最常见的场景模式。

人像模式

　　此种模式是专门针对拍摄人像所设制的，比如室内外肖像照。此种模式会智能地把光圈调到最大，尽量做出浅景深（即主体人物清晰，背景虚化）的效果。另外，一些相机的人像模式还具有强调肤色效果的色调、对比度等功能，让人物看起来更突出，肤色更动人。在人像模式下，相机会自动选择评价测光的方法决定曝光值，这样做的好处就是在智能的前提下尽可能获得光线平均或者曝光准确的照片。

风景模式

　　这种拍摄模式的主要特点是数码相机会自动把光圈调小以增加景深效果，保证整个照片的前景和背景都很清晰。这样不管风景是远是近，都会很清楚了，就像图例中这张照片一样，近处的小山村和远处的雪山都很清楚。而且相机会根据场景光线的强弱，选择使用尽可能高的快门速度。此外，在风景模式下，相机将自动设置闪光灯关闭模式，这会使自然的光线不被闪光灯干扰。

夜景模式

　　夜景模式一般应用于拍摄傍晚或者夜晚的自然风光和城市风景。这种模式通常使用较小的光圈进行拍摄，并且选择慢速快门，以使黑暗的环境得到充分有效的曝光，同时相机的闪光灯也会关闭。图中这张照片就是在这个模式下拍摄的，小光圈使得路灯的光呈现出星光状，汽车的尾灯因为慢速快门也在照片上留下了长长的拖尾。需要提醒大家的是，在长时间的曝光下，一般人很难保持手持相机的稳定性，最后拍摄出来的照片会因手的抖动而变得模糊！这个时候，选择一款稳定性高的三脚架就显得十分重要了。运用好三脚架，它能帮助你拍出漂亮且稳定的夜景照片。

 ## 运动模式

　　运动模式适合于抓拍在球场上飞奔的运动员、家里调皮的小宝宝，甚至还可以为一起去郊游的宠物拍照。在这种模式下，相机会自动锁定并跟踪被拍摄的运动主体直到对焦准确，数码相机会自动把快门速度调快（一般快门速度设置要快于1/200s），或者提高ISO（感光度）。若持续按住快门，还可以进行连续拍摄。

微距模式

　　用来拍摄"小不点"的目标，如花卉、昆虫、首饰甚至报纸上的小字等，从而使被摄物体变大，充满整个画面。"微距模式"是很受摄影者青睐的一种模式，因为它能放大平时容易被忽视的微小物体，而且超浅的景深、突出的主体更是很多朋友追求的效果。现在，很多数码相机的"微距模式"最近距离甚至可以达到1cm，可以说是贴上去拍照了。这张和欢树叶就是在距离它1cm的位置拍摄的，米粒大小的叶片被放大得能看清叶脉，乍一看还以为是芭蕉扇呢。

程序模式与全自动模式的区别

在数码相机的模式转盘上一般会有"P"和"Auto"两个挡位，前者称为程序模式、后者称为全自动模式。有朋友对这两种名字相似的模式，不能分辨，但它们留给你进行设置的空间大不相同。在全自动模式下，相机自动设置曝光，而且不可以更改。然而，在程序模式下，如果需要不同的光圈和快门速度，就可以更改快门速度和光圈值以得到相应曝光。程序模式允许你进行以下全自动模式所不提供的功能设置。如自动对焦模式和自动对焦点的选择、驱动模式、测光模式、程序转换、曝光补偿等。还可以用于闪光灯的设置，包括闪光灯开启/ 关闭、闪光－曝光锁定和闪光曝光补偿。

以上介绍的各种模式，并不是限定，而是辅助你拍好照片的一种工具，灵活运用它们，才是我们的希望。

2.3　数码相机的各项设置

图像大小设定

　　照片能放大到什么程度，数码可以设定，从RAW（一种无损压缩格式）、极精细、精细到一般，游刃有余。如果照片将来有重要用途，一定要设定成最大格式，RAW和极精细的压缩文件相比，从电脑上很难看出区别，但是，如果放大到一米，就能看到前者在暗部和层次色彩的差别。并非文件越大越好，大文件会占空间，大大耗损时间，也是浪费。你要多大的照片，就作多大的设定，可以通过试验来取得经验数据。

清晰度设定

　　数码相机通过加强像素的临界效应，可以提高清晰度，一般的相机有5级的锐度设定，0为无设定，在1~5的区域，数字越大，清晰度越高。提高锐度一般用在急用照片，需要某种质量，又没有时间一个个调整的情况下。如果有时间，我主张不做锐度设定，而在后期根据画面精确地进行锐化处理，这样更从容、更有把握。后期锐化的图像品质，优于前期的锐化，拍摄时作了锐化，后期余地就很小，很容易过头并出现噪点。

感光度设定

　　数码相机一般有ISO100~1600的感光设定，有些数码相机的感光设定甚至可以从ISO50~6400，感光度越低，图像的质量越好，噪点越少，其清晰度、色彩、层次越佳，当然，使用的光圈就大，快门速度慢，拍摄的难度也越大。反之，感光度越高，拍摄的难度较小，但图像的质量随着感光度的提高而下降，噪点多，其清晰度、色彩、层次降低。在光线好的情况下，要尽量设定低感光度，只有在照度差而又必须拍摄、不能使用慢速度、允许牺牲部分影像质量的情况下，才能设定高感光度。常见有人总把感光度设定在ISO800，长期拍摄而毫无察觉，请一定要更正过来。

　　图为ISO100，手动挡，室内台灯灯光拍摄，画面清晰，机身上的灰尘都清晰可见。

　　图为ISO1600，手动挡，光线环境同上图，画面粗糙，颗粒感强，暗部尤为明显。

自左至右依次为自动白平衡、阴影白平衡、荧光灯白平衡。在某饭店，当时环境光源较杂，自动白平衡较准确的还原了真实的色彩，而在阴影白平衡下画面偏暖、荧光灯白衡下画面偏冷。有时可以故意"错用"白平衡，获得特殊的效果。

白平衡设定

白平衡设定是数码相机最大的优势之一。胶片有日光和灯光型之分，数码则有自动、日光、荧光、白炽灯、阴影、闪光等多种白平衡条件。在大多数的情况下，自动白平衡能够应对自如，基本可以达到色彩准确的还原。比如，在荧光灯室内如果按照日光下的白平衡设定，拍出的照片会发青发绿。如果设定了荧光灯平衡模式，拍出的照片就能色彩准确。因为在这种模式下，相机自动会增加图像的品红色以抵消荧光灯特有的青绿色。

小贴士

最好的是自定义白平衡，在当时的光照环境下，拍一张白纸，取此白色为基准，设定平衡点，结果，会精确地再现色彩，在白纸上画几道蓝色的线条拍摄，会得到微黄的影调，同样，用极淡的青色"调白"，能使照片出现补色——极淡的红色倾向，千变万化，趣味无穷，关键在于理解原理，灵活运用。

反差设定

　　这是数码相机的一大贡献，在拍摄过程中（胶片并没有设定反差这个操作项目），根据画面的明暗情况和自己的需要，调整反差以控制光比，实际上是控制宽容度。高反差的拍摄对象，设定－1或－2，可以有效提升暗部层次，相反，设定＋1或＋2，可以把低反差的题材拍得有立体感。当然，任何事物都有利有弊，估计画面反差不准和设定不当，可能会损坏图像，还是那句话，要做试验，做到心中有数，才能运用自如。

色域设定

　　数码相机具有很大的色域设置空间，通过改变数字图像处理器的色彩生成编程，几乎可以无限制的解释颜色和改变平衡，为了使用方便和界面友好，它制定了几种我们习惯和常用的方式，并用标准、人像、sRGB（一种通用的色彩标准）、Adobe RGB（Adobe公司开发的色彩标准）、高饱和度、低饱和度来表示，一目了然。标准，色彩正常。人像，增加了品红＋2挡，以使肤色略显红润。SRGB适用于绝大多数显示器（主要是PC机）通用性好，但是其色域窄，相对艳丽而层次少。Adobe RGB是专业的选择，虽然在原始图像上看，色彩比较平淡，但色域宽，色彩的记录能力最好，特别是有优良的后期制作空间，能够最大限度地再现色彩，当然这有前提，一是要使用苹果机和优良的显示器，二是必须具备系统的色彩知识和熟练的色彩控制能力。

　　了解这些知识，对数码摄影大有益处。

3

数码相机的基本操作

3.1　开始你的拍摄

在这一章我们会介绍数码相机的使用方法，但对于每个摄影者来说，在拍摄之前，首先要仔细阅读相机使用说明书。

拿稳你的相机

对于初涉摄影的人来说，把照片拍摄清楚是个首要的目标。相机的种类、式样很多，手持方式自然也就会有所同异，不管什么手持方法，目的只有一个，就是要使相机在拍摄时保持稳定，最终获得清晰的照片。照片清晰度不够的一个重要原因是由于相机没有拿稳，尤其是拍摄瞬间的相机不稳造成的。所以拿稳相机成了每位摄影者必修的"基础课"。精神紧张，肢体僵硬；过于随意，信手一挥，都是拿不稳相机的原因，所以在徒手持相机的时候，一定要避免这两种情况地发生。在没有支撑物时，可以采用"八字"拿法：双手握住机身的左右两边，两臂紧贴自己身体，弯曲肘部将相机举到自己眼前，用眉头、颧骨和鼻子顶住相同后部，这时身体形成的三角形结构能使相机处于一个较稳定的状态。当相机的镜头比较重时，你的左手应该托住镜头，这样既可以稳定相机，又方便调节镜头上的焦距等。

还有一种情况就是借助外力，持稳相机，如使用三脚架或利用身边固定物，协助稳定相机。

需要注意的是，在按动快门时，右手的重心要放在除食指之外的手掌上。按动快门的动作是一个轻缓的动作。如同射击时扣板机一样，猛扣板机引起枪身的轻微抖动，会让子弹偏离预定目标。所以应该避免因为食指用劲过大造成拍摄瞬间相机的震动。当然，在整个拍摄过程中一定要记得将相机的皮带挂在胸前，以免相机坠落。

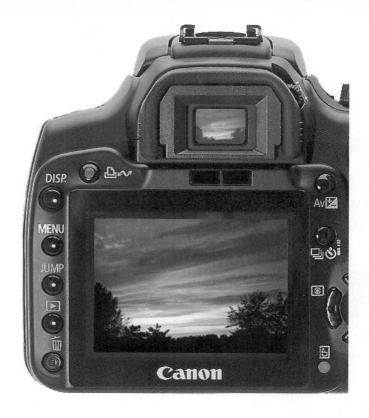

取景构图

　　取景，是在拍摄之前对景物或者人物进行观察、构思以及组织画面的过程，这个过程对于拍下一张成功照片起着至关重要的作用。一般的取景方式分为两种：光学取景和电子液晶取景。一般的单反相机用的是光学取景。也就是在取景器中观察所要拍摄的内容。光学取景器在取景时不需电力，视野明亮清晰。在一些新型号的单反相机上，也增加了LCD取景的功能。用LCD取景在拍摄特殊角度物体的时候会比较方便，而且LCD可以模拟实际曝光效果。但是LCD取景会增加相机的耗电量缩短电池的使用时间。在适当的时候选择使用不同的取景方式，可以取长补短。

　　我们取景的目的是为了拍摄一张画面优美的照片，那么就会涉及到最基本的构图知识，只有了解了这些构图知识，经过实践才能拍出更美的照片。在拍照过程中很重要的一步就是构图，那么构图的目的又是什么呢？就是要得到美的照片，那什么是美呢？记得以前学画的时候，老师讲过：和谐就是美。我想达到这个和谐，就是构图最基本的准则。经典的构图有两种：三角构图和黄金分割线构图。

【三角构图】

三角构图从视觉上看是最稳定的构图，比如照片中的大山。这类构图自然是很适合表现庄重的题材。

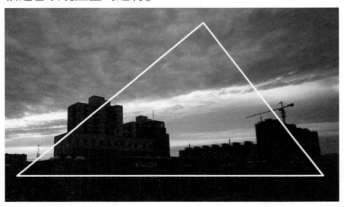

【黄金分割线构图】

黄金分割线构图涉及了一个黄金比例问题（把一条线段分割为两部分，使其中一部分与全长之比等于另一部分与这部分之比。其比值是$[5^{(1/2)}-1]/2$，取其前三位数字的近似值是0.618。由于按此比例设计的造型十分美丽，因此称为黄金分割，也称为中外比），大概就是在画面的三七开处，这也许是人们总结出来最符合视觉规律的画面布局了。

在这里讲的这些构图方法，只是为大家抛砖引玉，事实上，摄影本身是很需要创造力的，任何技巧都不用墨守成规，不受条条框框的束缚，尽情施展你的摄影创作才华。由这两种构图衍生出来了一些其他构图方法。

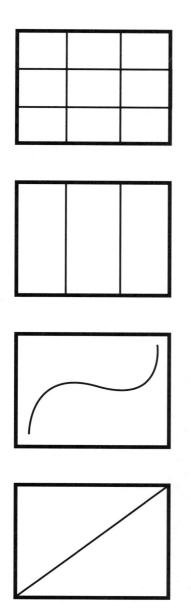

【九宫格构图】

九宫格构图有的也称井字构图，实际上这种构图方法属于黄金分割式的一种形式。把画面平均分成九部分，画面中形成的4个结点，可以用任意一点的来安排被摄。这几个点当然都符合"黄金分割定律"，是最佳的位置，剩下的你就要考虑当下的情况了，比如视觉平衡、对比等因素。这种构图动感强、有活力。

【三分法构图】

三分法构图是把画面横分三部分，每一分中心都可放置主体形态，可表现大空间，其特点是表现力鲜明，构图简练。

【S形构图】

S形构图是一种很优美的构图表现形式，它充分地体现了曲线的美感。S形构图既有动感又有很强的稳定性，可表现的题材很多，如远景俯拍的河流山川等自然风景，还可表现人物的曲线排列变化以及各种自然形态。S形构图一般都是从画面的左下角向右上角延伸。

【对角线构图】

对角线构图是一个非常著名的构图方法，在画面中，线所形成的对角关系，使画面产生了极强的空间感，表现出纵深的效果，将人们的视线引导到画面深处，可见对画面中线条方向的把握是摄影构图运用线的关键。

3.2 调整相机设置

快门速度和光圈

先说说什么是快门速度和光圈。快门速度是指控制光线投射到感光材料（CCD）上的时间长短，快门就是相机上这个控制时间长短的装置，而光圈是用来控制光线投射到感光材料上多与少的装置，这个装置大多会安装在镜头里。

在摄影过程中，相机的光圈值和快门速度设置相当重要，两项参数都能控制光线到达感光材料的多少，以影响曝光，最终获得不同的摄影效果。但只有将二者都设置得恰到好处、相得益彰，才能收获你想要达到的效果。接下来，我告诉大家如何选择适合的光圈值。一般光圈的读数都会体现在镜头上，当一支镜头的光圈调至最大时，也是通光量最大的时候，此时被称为这支镜头的最大光圈，反之，叫做这支镜头的最小光圈。其实不难理解，通光量大的时候，就意味着有更多的光通过了镜头，到达了感光材料上，此时CCD就能得到更多的光线，能充分曝光，并缩短了曝光时间；最小光圈与此相反。

那么这两种类型的光圈设置，我们一般该怎么应用呢？简单地说，光圈大时，适合在光线不足、虚化背景和减少曝光时间等情况下。光圈小时，适合用于光线充足，需要大范围景深时。快门速度作为一项参数，也很容易理解。一般相机的液晶屏上都会显示快门速度，上面会标有个位数到千位数的数字，比如数字4的意思是1/4秒，即曝光时间是1/4秒，而数字2000则表示曝光时间

为1/2000秒，快门速度越快，允许进入的光线就越少，投射到感光材料上的光线就越少。那么1/2秒和1/2000秒，都会用在什么情况下呢？在光线不足的条件下（比如傍晚或光线不好的室内）、想把物体拍成运动虚化时适合选择慢的快门速度；定格下飞驰的汽车和运动中的人物，那就需要你使用更快的快门速度了。

有人会问："既然光圈或快门速度都可以单独控制投射到感光材料上的光线，为什么还要考虑到两方面的情况呢？"其实答案很简单，灵活运用这两项参数，会实现不同的效果，如果你不希望只是拍出曝光准确但画面平淡无奇的照片来，那还是花些时间来研究下光圈和快门速度这一对好帮手吧，运用得当，它们一定会带给你意想不到的影像。

对焦模式

数码相机主要有两种对焦模式，一种是自动对焦（AF），一种是手动对焦（MF）。

自动对焦一般有三种方式：单次自动对焦(AF-S)、连续自动对焦(AF-C)和智能自动对焦(AF-A)。

【单次自动对焦(AF-S)】

目前，单次自动对焦是数码相机应用最广的一种对焦方式。其过程是：对焦框对准被摄体，半按快门按钮开始对焦，合焦后，相机会给出提示信号，此时只要保持半按快门按钮的状态，焦点自动锁定，这时可以调整取景、构图，然后按下快门，完全拍摄。如果在对焦完成之后，拍摄完成之前，被摄体或者相机前后移动了，拍摄出来的被摄体就可能会虚掉，因为相机还会按照起初的焦距进行拍摄。如果你经常会把照片拍虚的话，那么请特别注意，养成良好的构图对焦习惯。基于此特点，在拍摄静物时，如风景、微距摄影以及人物合影时，最适合选择此种对焦方式。

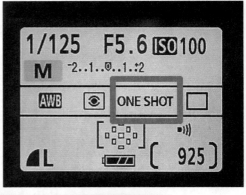

【连续自动对焦(AF–C)】

　　与单次自动对焦不同的是，相机在前一次对焦准确后，自动对焦系统依然继续工作，焦点不会被锁定。其目的是当被摄体或者相机前后移动时，自动对焦系统还能够随被摄物的变化改变焦点，始终处于追踪状态，从而锁定清晰状态。连续自动对焦比较于单次自动对焦来说增加了灵活性，但同时也增加了操作相机的难度，这个时候需要你对相机的操控更加熟悉。连续自动对焦的优势，体现在它拍摄运动物体的优势，比如拍摄玩耍嬉戏的孩子、奔跑中的小狗等。用这种对焦方式，结合高速的连拍功能，就可以使你轻松地定格很多美好瞬间，得到精彩的照片。

【智能自动对焦(AF-A)】

　　智能自动对焦，是一种很聪明的自动对焦模式，它有把单次自动对焦和连续自动对焦自由转换的能力，因为在拍照的时候不可能老是处于静止或运动的单一状态下，也就是说单次自动对焦和连续自动对焦两种方式是被穿插来用的，人工来转换这两种对焦方式势必会影响拍摄，甚至错失精彩画面。所以更加聪明的智能自动对焦出现了，它能自动判断静止或运动状态，根据被摄体的移动速度自动选择对焦方式，当被摄体静止不动时选择单次自动对焦，当被摄物运动时，选择连续自动对焦。切换工作是由处理器自动完成的，因此只需要按动快门就可以了，很轻松吧！

【手动对焦（MF）】

　　手动对焦是很传统的一种对焦方式，在自动对焦未出现之前，手动对焦占有统治地位。如今手动对焦仍然是不可丢弃的对焦方式，如果自动对焦无法应用，无法对实焦点时，如场景太昏暗、拍摄对象缺少对比度清晰的区域、通过障碍物进行拍摄等，这时候手动对焦就会解决这个问题，单反相机上基本都有手动对焦功能，个别小DC上也有这个功能。

　　单反相机手动对焦前一定要通过相机机身和镜头将对焦模式由自动对焦切换到手动对焦，否则可能会损坏AF电机。手动对焦是通过旋转镜头上的对焦环来实现的，一般的玩家基本靠目测来完成手动对焦，手动对焦可以在对焦前就进行取景、构图。

測光模式

　　測光对于摄影来说实在是太重要了，如果你的测光不准，欠曝了（曝光不足）或者是过曝（曝光过度）了，那么你在后期无论如何调整，也都无法得到一张曝光准确、层次分明和明暗恰当的照片了。

　　当前的数码相机为我们设置了多种测光模式，这是很体贴的，这些方式包括点测光、中央部分测光、中央重点平均测光、平均测光模式、多区测光等几种模式。

【点测光模式】

　　测光元件仅测量画面中心很小的范围，这个画面指的是取景范围。一般来说，如果你希望将拍摄主体充分表现而不太注意环境的话就适合用这种测光模式。比如在光线均匀的影室内拍摄人物，许多摄影师就会使用点测光模式对人物的重点部位，如眼睛、面部或具有特点的衣服、肢体进行测光，着重表现其具有特点的部位，以达到突出主题的艺术效果来。

【中央部分测光模式】

　　这种模式是对画面中心处约占画面12%的范围进行测光，其实是对中央点测光模式的一种扩展。这种测光模式一般在拍摄被拍摄主体在画面中心位置或环境光线反差不大的风景照片时使用。

【中央重点平均测光模式】

　　这种模式的测光重点放在画面中央(约占画面的60%)，同时兼顾画面边缘。它可大大减少画面曝光不佳的现象，是目前单镜头反光照相机主要的测光模式。一般来说，用此种测光模式所获得的照片会很少有某个区域欠曝或过曝的问题，同时对于主体部位也能清晰体现，非常适合于拍摄各种具有大反差光照的风景或运动照片。

【平均测光模式】

　　这种测光方式，可以满足大多数情况下的测光需要。整个画面会成为它的测量范围，适合于画面光强差别不大的情况，但有个不可回避的问题，当环境光线复杂或光线亮度反差过大时，其所获得的测光数据，仅仅是一个平均数值而已，很容易出现图片暗部过曝，而亮部却欠曝的情况。

　　事实上，不管哪种测光方式，都是需要根据拍摄者的实际需要来进行的。而以被拍摄的主体为测光的重点都是首要选择的。我们要不断增加拍摄经验，最后选择出自己最满意的照片。

3.3 其他器材的购置与使用

正如古人所说:"工欲善其事，必先利其器"，你要想加快拍摄进程，提高效率，准备一套好的设备与器材是很重要的。那么什么器材是我们比较常用的呢?

【三脚架】

影像的清晰度与锐度是我们对照片的基本要求，而当光照条件不好或是不便于手持拍摄时，三脚架就是非常重要的工具了。当快门速度低于1/125秒时，如果我们需要清晰而且明锐的照片时，就需要使用三脚架了。

而且，当我们拍摄组照和自拍时，可以事先安排好每个人的位置和姿势。在这种情况下使用三脚架，就可以在开始时固定好构图，接下来就有精力处理各个人的表情和神态了。

三脚架上用来连接相机与脚架的部件就是云台，可旋转或是球式云台，比较利于快速、精确地对画面作细致地调整。

【反光板】

反光板的重要性不亚于照明灯，使用反光板可以取得各种不同的画面效果。反光板的表面有白色和银色的，有的还有金色和黑色面。亮色面用于反射自然光或是灯光，暗色面用来遮挡或吸收这些光线。反光板放在适当的位置还可以生成被摄者眼睛中的眼神光，会让眼睛更有神采。在户外，反光板还可以改变阳光的方向，使被摄者在逆光时也能靠反光板照亮面部，还能在强烈的阳光下制造阴影。

值得一提的是，在外面遇到大雨时或是更换服装时，反光板还能充当临时的雨具和更衣间。

3.4 使用中的细节

用数码相机拍摄照片，有一些注意事项需要大家注意，其实这些都是操作上的一些小细节，但如果忽视了这些小细节的话，也许会让你陷入到麻烦之中，那样影响了整个拍摄，可就得不偿失了。

电池对于数码相机是至关重要的，当你面对稍纵即逝的美景，你想拍下那个画面，可你突然发现相机因为没有装电池而打不开时，相信，你一定是懊恼不已。那个时刻，将是给你的最好的一个警示——出门前一定要装好相机电池，并要检查电池是否有电。

同样的道理，对于使用存储卡的数码相机来说，没装存储卡也意味着相机只能作为摆设了，所以在检查电池的同时，也要检查存储卡是否安装妥当、是否能用。

这两项基本内容完成以后，你就可以拍照了，在拍摄过程中，你依然会遇到各式各样的问题，接下来，需要你耐心和细心地解决啦。

还有一个重要的问题需要强调，就是使用存储卡还要养成一个良好的习惯：在数码相机取景器左边的"预备灯"（Ready）还在闪烁时，千万不能插、拔存储卡，否则可能会造成"机毁卡亡"的严重后果；在相机打开电源的时候，也不要拔插存储卡，以免使卡内数据丢失。

拍摄完应尽快将存储卡内容拷到电脑内。每次拍完照片，尽量在第一时间将所拍内容拷到电脑里存档，因为长期放在存储卡里，会很容易造成误删或者数据丢失，你精心拍摄的照片就可能因此付诸东流。

如果你不满足于在电脑里欣赏照片，你也可以到冲印店把照片冲洗出来，放进相册或者做成相框摆件。

小贴士
下面附上常用冲洗照片的尺寸：
1寸证件照的尺寸是3.6厘米×2.7厘米；
2寸证件照的尺寸是3.5厘米×4.5厘米；
5寸照片（最常见的照片大小）的尺寸应是12.7厘米×8.9厘米；
6寸照片（国际上比较通用的照片大小）的尺寸是15.2厘米×10.2厘米；
7寸照片（放大）的尺寸是17.8厘米×12.7厘米；
12寸照片的尺寸是30.5厘米×25.4厘米；
冲洗照片的分辨率为300像素／英寸。

4

什么会成为
我们镜头中的内容

4.1　摄影的分类

摄影的分类有多个标准，可以从摄影史上分，可以从摄影流派上分，还可以从摄影的表现内容上分，而我们在这里介绍的分类更接近第三种。目前在互联网上存在着数以万计的摄影论坛，大多数论坛都是由普通的摄影爱好者发起建立的，事实上，这些种类繁多的摄影论坛已经给了我们关于摄影的最广泛的分类。通常，大众会把摄影分成：风光、人像、静物（小品）以及纪实摄影。这四大类几乎囊括了大众摄影的全部内容。

这四大分类也可以做如下细分。

【风光摄影】

自然风光：江河湖海、名山大川、天空、阳光等，都可算作自然风光摄影。

建筑摄影：城市建筑内外景、园林以及民居。

夜景：包括城市夜景、星空等，由于夜间摄影需要曝光时间较长，所以三角架就成了必备的工具。

【人像摄影】

环境人像：结合风景、环境进行拍摄，人物情感与环境相呼应，可有意用小光圈使环境更加清晰。

集体像：如毕业照、全家福等。尽量不使用广角镜头，以免照片边缘的人物变形，标准镜头是最佳选择。

儿童人像：多采用自然光，表现儿童的天真和阳光。

【静物（小品）】

静物摄影的拍摄对象是相当广泛的，如工艺品、工业品、农副产品、雕塑、盆景、模型等。

【人文纪实】

民生：拍摄身边的人或者故事。照片一般为一个系列，当然能写些文字就更好了。

民俗：各地区不同的生活习惯和风貌都可以成为你拍摄的题材，尤其到了少数民族地区，将会体会到更加独特的生活特色。

街头抓拍：最快捷的记录和展现大众生活的摄影形式，有很多摄影师十分热衷于街头摄影，他们把此当成是一种挑战。需要提醒的是，街拍应尽量使用隐蔽、快速的器材，这样才不至于引起被摄者的注意。

【介绍几种其他类型的摄影】

体育摄影绝对是瞬间摄影的典范，长焦距、高速度，把那些激烈运动着的、稍纵即逝的精彩时刻完美地保留下来。优秀的体育摄影还会突出地表现运动员的喜悦、失败等情绪，让照片蕴藏了更丰富的含义，表达了更深刻的情感。

广告摄影，它和静物摄影有着密不可分的关系，通过摄影这一独特的造型手段，把商品生动、优美、突出地表现出来，以达到宣传商品、吸引顾客的目的。

【了解一些特殊题材的摄影】

舞台摄影：时装、戏剧。

天文摄影：月亮、星座、星云。

水下摄影：这种类型的摄影，对摄影器材和摄影者都是综合的考验。

航空摄影：航空、热气球、卫星等高空摄影。

事实上，拍摄照片并不一定要按照什么流派去拍，从多方面提高自己的摄影水平才是本书的最终目的。

摄影的提升在于勤练,但不是盲练。要对题材进行分类,进行专题练习,有针对性地鉴赏及总结,来获得更多的经验。拍摄照片有时并不能完全区分开人像摄影与纪实摄影，在不同的场景下照片所表达的内容也不尽相同。

①风光摄影
②人像摄影
③静物（小品）
④人文纪实

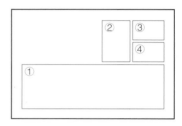

得到拍摄这座大厦的任务后，我们就一直等待着一个好天气，四五天后好天气终于被我们等到了。

我们选择了早上拍摄这座建筑物，这个时间段路人不是太多，对拍摄的影响不是很大，而且平射的光线，也会更加突出大厦的立体感。

围着大厦转了几圈后，我们选择了大厦斜前方的一个角度，这里基本上是顺光，面前几乎没有障碍物，唯一的问题是没有足够的拍摄空间和距离，我们只能选择稍广一点的广角，那就意味着，大厦将会产生变形。至于变形，我们可以在后期用软件解决它。

建筑摄影除了表现好建筑本身，周围的环境也是值得表现的重要方面，这个环境指的是其他建筑、周边的风景或者天空。要实现这些就要运用好构图，这张照片是典型的三角构图，建筑物稳定而有气势，碧空如洗的背景也起到了很好的衬托作用。

相机的设置当然要用小光圈了，保证照片中的主体都在清晰的范围内。

多年未见的亲人相聚到一起，心情激动，挑选一个阳光明媚的日子去公园，拍一张生动的全家福，增添一份美好的记忆。

这个类型的全家福，表现的就是一种生动和自然，选择了广角镜头将人物和雕塑拍到一起，更加表现了一家人的开心。

熙熙攘攘的步行街，聚集了很多游人，一个小朋友用自制的毛笔蘸着水在地上写字，引来了许多行人驻足欣赏。

这张照片的构图，是典型的黄金分割点构图，将写字的孩子放在了黄金分割点的位置上，使孩子成为了整个画面的视觉重点。

这是一家百年老厂，当时正要被搬离市区。这座飞马雕塑是这座工厂的标志。拍摄那日天气晴朗，很通透，所以选择了小光圈，使得雕塑、建筑和远处的厂房以及天空都变得清晰。由于画面的构图十分均衡，所以安排了树叶作为前景，来打破这个均衡，目的是让画面显得生动一些。

广告摄影的最终目的是达到对产品或者品牌的宣传效果。

自己在超市买了瓶橄榄油，金黄的调子显得油品很细腻，于是就在小影室里拍了几张橄榄油的照片，并且后期加工成了广告的模样。

在影棚拍摄最大的好处就是不受天气的影响。

拍摄这张照片我们用了两盏灯，一盏指数大些的灯，被当做了背景灯，打亮白色的背景。另一盏灯，指数稍小，而且又人为地将这盏灯的输出量减小，前后光比大约是1:3，这样就得到了主体突出、背景干净的一张照片。

相机的设置是，感光度100，光圈8，速度1/200秒，这样的组合保证了主体的成像质量。

4.2 留心观察，美图就在我们身边

通过各种途径，人们总能获得最新的图片信息，最快捷的渠道应该要属报刊杂志了，大量精美的图片随着这些媒介，传播到了千千万万大众的脑海里。这些图片从一定程度上影响了人们的审美意识，图片内容甚至成了人们拍照的参考、甚至标准。

提高你的鉴赏能力，能够帮你发现身边的美，这真是一件无比幸福的事情。门前的一棵小树、路边的广告牌以及路人背包上的卡通配饰，这些司空见惯的事物，在你的慧眼下真的有可能变成意义非凡的美图呢！想拍摄这样的美图，就要学习审美的知识，提高审美的水平，更重要的是要有一颗热爱生活的心。

朋友们一起渡过愉快的周末，幸福时光总是让人难以忘记。可能是朋友间不经意的小动作，轻触快门就留下一瞬间的欢愉。

一起渡周末的一对幸福的小夫妻，面对镜头幸福无比，笑容透过镜头传达着他们的甜蜜。

徒步或是驱车旅行，即便只是途经一片矗立着些许发电风车的荒野，这样蓝的天也会引发你把它拍下来的冲动。

去过不少海滨城市，无论在哪个方向注视，海边总是让我们不禁按下快门的地方。

侄女的小娃娃也
是我的模特。

51

3年前，长岛的这片静谧的海滩令我终
生难忘。

4.3 不知不觉，你可能会成为记录历史的人

照片有一个重要的功能，就是记录历史，10年前的一张再普通不过的全家福，到了现在就不仅仅是一张全家福了，这张照片除了对这个家庭有着重要的作用，对于当时的那个时代也起到了记录的作用，现在人们可以通过照片找到那个年代的痕迹，这就是照片的社会功能。

事实上，不是一定要记录大事件，只要用自己的角度关注你的周围就够了。对于普通人来说，记录身边的琐事也显得很有价值。也许下一张记录历史的照片就出自你之手呢！

结婚那天的每一个细节，都记录下了美好的瞬间。

丰收后的喜悦爬满眼角。

过年了，家家户户都在包饺子，你是否为你的父母
纪录过这一充满期待的瞬间呢？

和朋友约在速食店见面，早他一点儿到，便用桌上的袋糖撒下了心的形状，白白的糖显得格外纯洁，这一点点的小心思，谁看了都会心甘如饴。

双份儿的咖啡，分开来摆就普通之极，摆在一起，别有韵味。

周末从花鸟鱼虫市场买来了一条斗鱼，这个能征善战的小家伙，从来到家里就没有安静过。

爷爷养的小鸟，不知道叫什么名字，那天正好赶上小鸟们列队，顺手就拍了下来，爷爷看了笑得合不拢嘴，后来还把这张照片加了个精致的相框送给了爷爷。

习惯了一直把相机带在身边，把看到的景色随手拍下来，更是很习惯的事儿了，商场门前的花儿开的正盛，没有理由不拍下来。

这是小狗兜兜在一个月大的时候拍的，那时的它很爱睡觉，趁它熟睡之际，我也拍了不少的照片，拍摄这张照片恰恰把它吵醒了，打断了它的美梦。

5

如何拍摄人像

人是镜头前永远的主题，拍摄人与拍摄静物不一样，静物是无生命的物体，不存在摄影师与拍摄对象相互影响的问题。人物摄影师则不同，必须对被拍摄者施加有效的影响，才能获得期望的照片。下面我们就讲讲如何得到一张我们想要的人像照片。

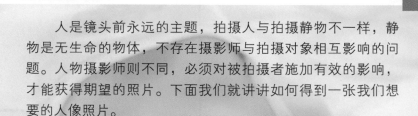

5.1　拍摄人像作品时的准备

首先要明确我们的拍摄目的，拍摄这张照片是为了美化被摄者的形象，还是记录被摄者当时的状态，这些都是我们拍摄之前所要确定的。不同的目的使我们的拍摄重点也不相同。拍摄人物时，我们要成为一个导演，因为一张成功的人像照片往往取决于拍摄对象的情绪。我们之前要制定一个拍摄计划，还要与拍摄对象建立起和谐的气氛。很多人在面对镜头时都会紧张和不安，因此要想拍摄成功，首先必须让拍摄对象放松下来。无论是熟悉的人还是陌生人，放松的状态都是很重要的。

此外，我们还要注意拍摄光线：正午的阳光一般不适合拍摄人物。太阳的位置高，光线强烈，会在人物的眼窝处留下黑黑的阴影。当太阳接近地平线时，光线的投射角度低，更能美化人物的面容。傍晚时的光线非常接近于摄影室内的聚光灯照明，可以得到比较高的反差效果。

小贴士

无论是用哪种光源，当被摄者能够感觉到光线射入了自己的眼中，就会产生出眼神光，当然眼神光也可以用反光板来实现。

接下来就是选择合适的地点了：拍摄背景的选择是拍摄好照片的重要一环，我们就曾经为找一个理想的外景地而花费几天的时间。在平时外出时，要注意观察并记录下一些适合的外景地，同时也注意这些地方的光线是否合适拍摄。如果拍摄地的背景较乱，但地面很美，我们可以站在其他物体上以抬高机位。这样，就能拍出一张背景干净、人物突出的照片了。

最后，我们需要为这次拍摄准备其他的必需品了，比如服装、摄影设备甚至车辆，当然有个合适的化妆师也很重要，做好这些前期工作，你的人像拍摄就可以顺利展开了，去拍摄属于你的人像作品吧！

5.2 拍摄人像的要素

人物的姿势

　　拍摄时我们一般都会让被拍摄者摆出一个姿势，目的就是把人物的最佳状态展现给观众。如今，越来越多的人们认为传统照相馆摆出的姿态造型有些陈旧和过时了，这些姿势是为了应对当时摄影设备的局限性。现在的摄影技术，可以满足我们创作出更具动感效果的姿态。最理想的姿态是由拍摄对象自然而然发挥出来的，也可由摄影师靠自己的灵感导演出来。

摆拍

抓拍

　　如何得到这些理想的姿势呢？我们可以收集杂志上自己满意的照片或是观察电影中人物的动作，或是在拍摄者并没有注意镜头的情况下抓拍一些。并没有固定的所谓标准姿势供拍摄时选用，而是根据人物的特点、风格以及构图的需要分别加以处理。动人的姿态还需要在实践中创造。

顺光

逆光

侧逆光

光线的运用

光影是摄影者记录形象的画笔，不同的光影结构可以达到不同的效果，表达不同的感情。摄影用光分为自然光与人造光两种，这本书里我们主要讲的是自然光。因为对于大多数摄影爱好者来言，自然光的取得要容易的多。

按照光线的方向，分为顺光、侧光。顺光就是顺着镜头朝向的光。顺光在被拍者身上留下的阴影较少，可以使人物的皮肤显得更光洁，细腻。侧光就是从侧面照来的光。当然并不一定是从90°的方向照过来，这"侧"是一个大致的范围，有前侧光与后侧光之分。侧光可以使人物的面容更加立体。利用侧逆光还可以在照片上得到炫光的效果，或是为人物勾画出轮廓。

拍摄角度

拍摄人像，尤其是近距离的人像特写时，如何把人物表现得更美是关键。如果人物的外形匀称，五官端正，本身就比较完美，那当然好。若是遇到了不够完美的，就要考虑利用镜头的变形或是光线来塑造美了。脸部不对称的，要将较小的一侧面对镜头，或是将较大的一侧用头发或是配饰遮挡起来。 眼睛也同样，要用较小的那一侧面对镜头，也可以用强光刺激"大眼睛"，本能地会使其眯起一点。较瘦的脸型，一般这样的脸型下巴都比较尖。因此，我们可以从低角度拍摄，下巴离镜头要比额头更近些。这样"v"字型的脸型就可以变成"U"型了。较胖的脸型正好正反，用被摄者头略低的方法，可以让使脸瘦上很多。现在流行的"非主流"照片，大多是用这种方法拍摄的。低头时，眼睛抬起看向镜头，还能显得眼睛较大，会让小女孩显得更加可爱。

5.3　如何拍摄一张引人注目的人像作品

过曝处理

　　在浅色背景下，过曝有时会给你带来颇为特殊的效果，尤其在画面中存在强烈明暗反差的时候，过曝能带来强烈的视觉冲击力。很多时装肖像、CD封面、海报用的就是这样的处理方式。

　　过曝处理让模特的皮肤显得更加白皙、透明，与杯中的牛奶互成辉映。

减少曝光

　　对于黑色占据绝大部分空间的画面来说，降曝可以突出明亮的部分。如果暗调占了画面的70％以上，那么就会给人以凝重庄严和含蓄神秘的感觉。可以应用于老人和男性的拍摄中，以强调神秘的气氛和成熟的气息。

逆光拍摄

在拍摄人像时，太阳(或光线)在人像的后方，人像的面部以及身体正面，会呈现相对较暗的情况，在这种状态下进行的拍摄，就是逆光拍摄。此时，可以增加曝光值，来弥补面部不足的光线，减少人物和背景的反差。在逆光的状态下，被摄者的发丝会呈现给你惊喜的效果。

特写

　　有时我们可以尝试一下使用特写的方式拍摄照片。作为一个摄影师应该努力寻找被摄者的特点。例如：微笑的眼睛，出色的头发，轮廓分明的鼻子或下巴。如果角度适当，面容的局部特写会更具震撼力——嘴唇，眼眸，眉间。每个人都是美的，问题在于你要发现它。如果你的拍摄对象有很深的皱纹，或者其他具有纹理质感的特征，也可用这种表现方法表达主题。

改变视角

　　绝大多数人像照片都是在与眼睛平行的高度拍摄，换一个角度往往能完全改变一张照片的表现力，不妨站在你能达到的最高点试一试。当然，放低机位也会达到同样的目的。

打破构图常规

　　打破经典的构图常规不仅仅需要勇气，还需要对场景的理解，如果你需要达到一种强势冲击力的效果，不妨尝试将模特放在画面的边缘。留出大面积的空间，让人想象无穷。

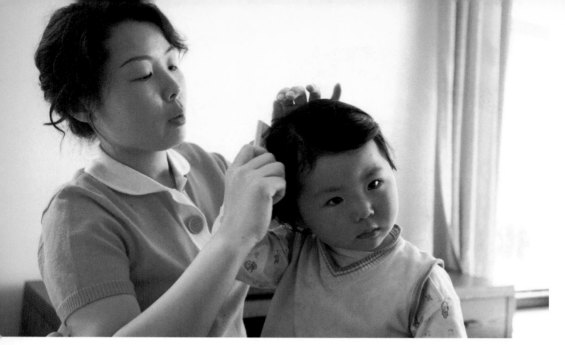

这张照片是去姐姐家做客时拍到的，照片非常生活化，当时姐姐正在专注地给女儿梳头，大概是我和他们十分熟悉的缘故，所以这对母女在我面前的任何动作都表现得十分自然，让被摄对象放松下来是得到一张好的人像照片的前提。

当时的情形是我的对面有两扇窗户，阳光很强，姐姐在我的面前，光线从她身后左右两边的两扇窗子照进来，那状况是典型的侧逆光。我选用了点测光，目的是让人物曝光准确，同时选了大光圈，使快门速度变快，加了一点点的曝光补偿，这样使背景轻微的曝光过度，但正是这种阳光充裕的状态，让画面显得很温暖，一种浓浓的情感也自然地流露出来了。

初春的正午，在一家大酒店的连廊拍下了这张照片。连廊是东西走向，南北两侧是落地玻璃窗，透光，落地窗前挂着白色的半透明帘幕，这个环境的光线极为柔和，拍摄高调人像十分适合。

为了营造背景虚化的感觉，突出人物，我依然选择了大光圈。构图上，将人物安排到一侧，也表现了足够的空间感。

如何拍好风景

　　说起风景摄影所涉及的题材就十分广泛了，山川、古迹、花卉、田园、都市等，差不多户外所见的各种景物都可作为风景摄影的素材。风光场景中的精彩瞬间转瞬即逝，能够拍摄下来，在闲暇时间再次欣赏、重温当时的美景，是多么开心愉快的事呀。可是拍摄一幅好的风景照不仅仅有美景就够了，想拍得画面唯美又有意境还需要我们注意很多问题。

　　下面我们就讲一下风景摄影的入门和诀窍。

6.1　如何抓到主题

当旅行归来的时候，我们拍摄的风光照片大多是杂乱的。所有令我们着迷的成分都在那里，但照片好像又不如真实的景色更能吸引我们。通常，这是由于缺乏中心兴趣点或者主体造成的。一幅好的风景照片，除要把景物表现得和谐悦目外，还应当是抒情的，要"借景抒情，寓情于景"，这样，才能使观察者不仅对景物本身产生美感，还能从中产生联想，获得一种画面以外的美的享受。所以在拍摄任何一张照片时，都

72

应有一个明确的创作意图，也就是照片所要表现的主题。一幅富有意境的照片主题的产生，在于摄影者对美的理解，是摄影者感情和思想的表露和抒发。那么拍摄前对现场各种景物进行细致的观察就是极为重要的了。这样不仅可以熟悉环境，便于寻找拍摄角度和光线，更重要的是融入自己的感情，找出各种景物的美的因素，以及景物之间的联系和变化。也只有这样，才能进一步使景物打动人心，主题才能鲜明。当我们观看一张照片时，我们的眼睛要聚焦在某样东西上，这就是兴趣中心。在风光摄影中，诀窍就是：是什么吸引了你，你就把它变成兴趣中心。

上图晚霞中的圆明园遗址。夺目的晚霞充满在天空，一切景物在此时都无法与之争夺光彩，人们把所有的注意力都集中在天空上。火烧云就是画面的主题。

左图同样还是圆明园遗址。晚霞已经退却，建筑遗址成为了画面的主题。古老而沉默的建筑，在昏暗的天空中引起我们的深思。

6.2 拍摄风景的关键点

时间与光线

　　如果你有时间的话，请尝试一下在一天里的不同时间(甚至是不同的季节)拍摄同一处景物，如拍摄从家门口的大树来观察的话，你会发现变化的光线是如何影响它的，什么样光线下的美景更能吸引你。通常早晨或者黄昏的阳光最适宜拍摄风光照片，因为低角度的阳光色调更暖，投射出长长的阴影能够增添景深和轮廓感。季节也会让光线发生变化，因为太阳角度的不同，冬日里处在阴影中的风景可能在夏日里完全暴露在阳光下。小心不要以天空测光，通常情况下它是明亮的，从而导致景物的其他部分产生欠曝，找寻画面中的中间色或灰色部分会获得更正确的曝光。

天空曝光准确，但山和树曝光不足。

　　并不是所有的风景都在晴天时拍摄最好，多云的天空减少了反差，更适合于树木和花草的拍摄。阴天可以增添色彩饱和度，金黄的落叶或者翠绿色的草地在这时拍摄会更加鲜艳。如果天空的颜色很让人讨厌，可以用树木来作为掩饰或者通过提高画面的地平线的方法，完全不拍摄它。

　　风雨的天气里，我们并不需要收起相机。这样的天气可以添加环境的气氛和戏剧性，可不要轻易放过呀。假如你有足够的耐心，在风雨过后还可能拍摄到阳光穿透云层的壮丽画面。特别是空旷地域上的暴风雨，雨雾可以使湖泊、河流和山谷看起来朦胧轻飘、更具神秘性。

　　还有一点需要注意的事，早一点出门开始拍摄，不仅仅因为早晨的光线有利，还能更容易捕捉到纯洁的雪地或是无人的海滩。尤其是在旅游区，你必须赶在众人到达之前才能拍摄到没有人群干扰的画面。

镜头与构图

广角镜头在拍摄风景时是经常使用的，因为它们可以把许多景物包容进去，即便是在中等光圈挡也能使所有景物处在焦距范围内。如果不用相机预设的风格模式来拍摄时，选择光圈优先模式来拍摄更容易控制景深。光圈最好选择F8或者F11来进行拍摄，这样会使得画面更具有层次感。

当你使用广角镜头拍摄风光时，应留意地平线。按照黄金分割定律，地平线一般要在三分线上。通常天空占据画面上部的三分之一，当它是画面中重要部分时也可以占据三分之二。当然如果山的倒影是你的重点，那么把地平线放在画面中心也不是绝对不可以的。

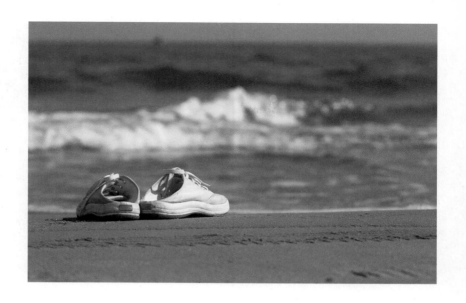

不要让画面太呆滞。你可以把人作为画面中的元素而让照片更生动，或是增加一个前景也能达到同一目的。当然一定要注意画面中是否存在任何诸如电线或者发射天线等不必要的元素。

　　不要把自己局限在广角镜头上。使用长焦镜头也可以拍摄出优秀的风光照片。假如你拍摄延绵山脉的话，可以使用长焦镜头把它们戏剧性地"堆积"在一起，或者可以让远方的山脉"隐藏"在一座小木屋后面若隐若现。

6.3　如何拍摄常见的风景

名山大川是旅游摄影者最常表现的题材。山以其雄伟、险峻、绵延被众多的摄影爱好者纳入镜头。拍摄山景，一般都要付出一定的体力代价。那种站在山下举起相机仰拍的摄影者，很难拍摄出好作品，因为许多人对这个视角效果的照片习以为常，没有新颖的感觉。如果摄影者站在所要拍摄山峰的同一高度举起相机，镜头里的重峦叠嶂，错落有序，画面就有了层次。当旅游摄影者站在山峰之巅向下俯拍，又有"一览众山小"的视觉效果。在这里我们要顺便讲一下横拍与竖拍的区别。其实这要根据拍摄的场景，以及摄影者想要表现的主题来决定。横拍表现平稳、广阔，可使主体突出。横拍山景可以较好地展现山脉的延伸、广袤，很好地表现山脉的波浪式线条。竖拍能表达矗立、雄伟的感觉，易于展现山峰的高大和险峻，能够加强画面的纵深感。一般来说，拍摄山景常用竖拍方法。

拍摄山景时，画面多以天空为背景，但这一部分比例不可过大，否则体现不出山的气势。在光线处理上，可以采用顺光拍摄山景，这种效果画面明亮，色彩还原充分，但山的立体感较差；也可以采用侧光拍摄山景，因为侧光可以描绘出山体的线条，从而展现山岭的层次，画面更具立体感，并有色调的明暗对比，视觉效果较好。

84

　　拍摄山景经常使用中长焦距镜头，因为山脉之间距离较远，用中长焦距镜头拍摄具有压缩主体之间距离的视觉效果，使主体不至于松散。不要担心长焦镜头景深小，不宜拍摄风光照，其实这是小看了景深的关系。景深的大小不完全在于镜头焦距长短，还与所拍摄主体距离远近有关，主体越远景深越大。举例来说，使用７０~200mm镜头的长焦端拍摄远处山峦叠起的场景，光圈F8~F16的景深足矣，只是别忘了用三脚架！

美景，不外乎山山水水，江河湖海，山泉细流，因而风光摄影中水景的拍摄占有很重要的份量。水景的拍摄大致分为：海滩、河流、小溪、湖泊等。

在海边拍摄风光，海滩上往往显得空旷，选取画面时就要多观察勤思考，适当选择安排前景(礁石、椰树)、中景(行驶在海中的渔船)、远景(天边的云彩)。在海边取景构图还要注意海平面的平衡，否则出现不合适的斜线就不好了。同时，因海滩线条缺少变化，摄影者可选择较高处位置以海浪或海滩为对角线拍摄，营造出一种视觉效果。构图相对多用横幅以表现大海的宽广。另外，海滩光线充足，用比较低的感光度即可。这里还有一个小窍门，如果海面天空没有云彩，画面平淡，可在镜头前装上彩虹镜，这样拍摄出来的效果会让你眼前一亮。

　　走在海边的沙滩上，不时看到海鸥掠过海面，一下子又冲上了天空，消失在海天之中，怎么能不情不自禁地拍上一张啊。

　　站在海岸边的山峰上，俯瞰下去，金黄色的沙滩和碧绿的海水完美地结合在了一起，你中有我，我中有你，只有那片片浪花打破了这一份宁静。

　　拍摄河流时，构图应裁取河道弯曲部位，利用曲线引导人们的视线，注意调整不同的影调层次，利用岸边的花草树木做前景。早晨拍摄河流，河水会显得更蓝。

拍摄山涧小溪时，由于场景较小，可多选择在溪正中或对角线拍摄的构图手法，同时用竖拍加深画面的纵深感，获得较大的场景效果。在光线和色彩上也要注意。由于山涧溪流光线较暗，拍摄时应用三脚架稳定照相机。拍摄小溪或瀑布，摄影者既可用较高的快门速度(1／500秒)来凝固清晰的画面，也可以用慢速(1~3秒，具体视流速而定)创作出如梦如幻的似烟雾一般的流水。

在冬季，雪景是很多人喜爱的景色，每个人的相册里或许都会有在雪天拍的照片。但是，如果在冰天雪地里拍照，可不是一件容易的事儿。

我们知道拍摄时应按入射光的强度决定曝光。可数码相机内的测光系统测量的是反射光，所以相机只知道所测物体的亮度，但却无法知道入射光的强度，一旦出现反射率比较高的主体，如白雪，如果按照正常的测光结果"正确曝光"的话，白雪就会变成灰雪了。所以拍摄雪景这类高亮度的物体或场景时，必须根据经验增加曝光作为修正。这样雪才能表现的更加洁白，人物置身于这样的景色之中，自然会心旷神怡。

90

这张风景摄影，运用了广角镜头，使画面显得很开阔，明亮。灰白的色调表达了冬天与冰雪这个主题。由于表达的主体并不是人像。所以，采用逆光拍摄的方法，只捕捉人的剪影。既满足了风景照片的需要，又能表现人们在冰上优美的身姿，赋予画面以美感和动感。画面留给天空大片的空白，是为了避免天空与冰面近似的颜色而没有主次。阳光反射在冰面上，衬托出冰面的平滑与宁静。

　　这张照片取景于著名的旅游胜地：黄鹤楼。为了把景物拍全，我用了广角镜头。这样近处的仙鹤和远处的两个亭子都收进了照片里。因为天气很晴朗。我还应用了偏振镜，转动镜片，让天空在最蓝的状态下按动快门。这样建筑和天空都能正确的表现了。其实真正的黄鹤楼在我的背后，但当时的光线非常不适合拍摄主楼。为了能表达鹤这一重点，又有楼台。我选取了顺光拍摄的角度，站在了主楼的二层进行拍摄。这样，虽然亭楼没有明显标志，但画面中的双鹤，使观者一眼就能看出照片的拍摄地点。抓住标志性景物是拍摄名胜古迹的重点，读者们在拍摄时要谨记这点！

7

微距和静物摄影

总有一种希望，希望大家在读这本书时能够真正地静下心来，放下工作和生活中的烦恼，把眼光和心情放在这本小小的书上来。而在这一章节，我们要为大家介绍一种很可爱的摄影方式，叫做微距摄影。不知道大家平时是不是对周遭的细节感兴趣，是不是细心地观察它们、聆听它们。但在我看来，这些零零散散的小细节为我们的生活增添了很多乐趣，那些花花草草都在我们眼前仿佛有了生命似的。

7.1　微距摄影的器材

对于微距摄影来说，器材是很重要的，具体来说就是需要一支微距镜头和其他微距配件，因为这一特殊的摄影门类，只有使用专门的微距摄影器材才能良好的表现，而一般常用的摄影器材是难以表现微距效果的。

当前摄影器材市场上的很多品牌都会生产不同焦距的微距镜头及其他配件。至于机身，要求就不是那么严格了。一般的单反相机就能满足拍摄微距的要求。

如果你的手边没有数码单反相机，却只有一台小DC的话，那么我想告诉你，这也是一个相当不错的选择，因为小DC的CCD面积很小，加上其所用镜头的焦距较短，所以小DC能拍出很理想的微距效果，比如拍摄书报上的小字或者小花瓣，有的小DC微距最近距离竟然可以只需几毫米。因此我觉得，用小DC拍摄微距照片，还是很得心应手的，你也不妨来试试，感受微观世界带给你的新奇吧！

无论你是准备用数码单反相机或是用小ＤＣ来拍摄微距照片，使用一些配件，作为辅助还是很有必要的。

【卡纸】黑卡或者是白卡，户外刮风时可以挡风，也可以作为所拍景物的"背景板"，以简化背景。

【反光板】器材城销售的小型反光板，直径４０厘米左右，可以为被摄体的暗部补光，减少其反差。

【柔光伞】遮到被摄体上方，阻挡强烈阳光，为被摄体柔化光线。

【无线快门线】保持拍摄稳定。

【脚架】保持相机在稳定状态下拍摄，避免抖动。

【水、小喷壶】拍花草或其他植物时，洒上点水会让小花小草变得神采奕奕，拍出来的照片自然也会变得更加吸引人。带上一瓶矿泉水就解决问题了。

7.2 微距的拍摄技巧

首先，要养成细心观察的习惯，拍照之前就要在心里构思，怎么样表现你面前的这些小家伙，毕竟这是拍摄较近的物体，所以任何瑕疵都会在照片里分毫毕现，不可大意啊！

然后，努力发掘被摄物的特点，比如形状、颜色、神情、状态等，所以说微距摄影可表现的内容还是很多的啊！

下面你就可以进行你的微距摄影试验了，如果你选择拍摄花草等植物的话，那么你的拍摄可以从容些，花些时间考虑一下用光与造型吧！选用大光圈可以助你获得极好的浅景深，获得使主体突出且充满美感的效果。

一个不可回避的问题是，相机镜头与被摄物之间距离很近，有可能挡住光线，这个时候就需要补光了，提前准备的反光板就派上了用场了。如果在室内，还可以使用白炽灯或者荧光灯来补光，因为光线的改变，所以你也要相应地调整白平衡，让照片色调准确。

另一种情况是拍摄易受惊且行动迅捷的小昆虫，此时使用高速快门是第一选择。使用大光圈、使用高ISO和闪光灯，都能获得高速度。但是高ISO会产生讨厌的噪点，所以微距摄影尽量不要用高ISO。

7.3　静物摄影

静物摄影是摄影题材中很重要的一种，个人认为静物摄影是最具设计感的一类摄影了。静物的范围很大，小到精美的饰品、大到雄伟的建筑物，这些都属于静物摄影范畴，但要掌握静物摄影的确不是件容易的事。

通常小型静物的拍摄是需要背景的，黑色、白色甚至多彩背景都可能用到，而且，摆放静物的小垫子、小托子也是静物摄影常常用到的。

市场上有种折叠静物箱，也是拍摄静物的好工具。这种静物箱可以将复杂的光线变得柔和，非常适合拍摄小饰品。

但对于大多数人来说，的确没有必要买这样一个静物箱，你只需学会在自然光的状态下，如何拍摄出漂亮的静物作品就可以了。总之，你不要以为那些精美的静物照片只有专业摄影师在专业摄影棚里面才能拍出来，其实只要你用心，在自己家里面，用一些廉价的工具也可以轻易实现一个不错的效果。

选好拍摄对象是拍摄静物的前提，我想你一定要花些心思来思考你要拍什么，是妈妈刚买回来的蔬菜，还是你家酒柜里的红酒，或者是爸爸收藏的古董，只要认真发掘，家中就会有很多好素材。素材如此之多，因此在选择时就要特别考究。快来拍摄吧，来感受不同的光线产生的不同光影效果吧！

此外，要让拍摄出来的静物显得生动、突出，背景的选择也是十分重要的一个环节。怎么选择背景呢？要注意两点，材质和色彩搭配。先说材质，光滑的背景能够突出粗糙的主体，反之则能够突出光滑的主体。例如，在拍摄陶瓷时选择砖墙作为背景，就能突出陶瓷的柔滑质感。色彩的搭配，有对比色和相似色两种情况。比如，冷色的背景能够突出暖色的主体，反之，暖色的背景则能衬托出冷色的主体。这样的色彩搭配为的是使画面产生一种效果鲜明的色调对比，给人最强烈的视觉冲击。

大多数静物拍摄都是在影室内进行的，同时也会更多地使用人造光源，如影室闪灯之类的，在室内静物拍摄有很多优势，它可以不受天气、时间的影响，而且人造光源也更容易控制，能制造出更多奇妙的效果。当然，这一定不是唯一的选择，事实上你依然可以选择只运用自然光来拍摄静物，只要你用心一点，拍摄出来的效果一定不会比人造光源差。

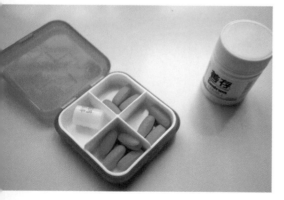

用自然光拍摄静物，那么最好能选择靠近窗户的位置，因为那里有更多的阳光，比如，拍摄窗台上的花朵，就充分利用了射进窗户的光线，同时为了消除阴影，你可以用反光板把光线反射到花朵的阴影面，当然你要找好反光板的摆放角度，不要让反光板挡到你的相机，通过给阴影面补光，你基本上会得到一张光线均衡的照片了。

除此之外，你还可以走出家门，去城市的各个角落，拍拍街道、拍拍建筑，在不同的时间段进行拍摄，来感受不同的光线产生出不同的光影效果。

7.4　静物摄影类别

这一节，我将介绍如何拍摄不同材质和
门类的静物。

【金属材质】例如家里的金属餐具，这
类物品反光强，所以应尽量选择在柔和的光
线下拍摄，提高一点明暗反差，也很有助于
表现金属类的物品。

【玻璃材质】这种材质的特点也是反光
强，另外它还具有通透性。所以选择在深色
的背景前拍摄玻璃器皿是很有必要的，这能
很好地表现玻璃器皿的轮廓线条和透明质
感。一般来说，选择的拍摄方向是从室内向
室外，利用逆光效果，能充分表现玻璃器皿
的透明质感。

【花卉】应用大光圈可以使花朵突出，背景虚化，当然也还可以使用卡纸，让背景变得简洁。此外，你还可以改变相机的角度，低视角拍摄可以获得蓝天做背景，平视时，可以得到更大面积的花丛作为背景。

【工艺品】很多材料都可以做成工艺品，而其本身的做工也都是很考究的，你在拍摄时要先弄清这件工艺品的材质，然后着重表现它的立体感，最好能从明暗不同的影调和背景的衬托中表现出物体的空间深度。拍摄工艺品应尽量设置成较大的尺寸，因为大尺寸能尽可能多的保留工艺品的质感、细部层次、影纹和色调。

　　自己印制的名片大小的小卡片，很精致。在一间阳光充足的房间里，我把卡片散乱地摆在一张白色的小桌子上，下面放了一本牛皮纸相册，以浅色背景营造高调，突出了卡片本身的浓郁的色彩。

　　关于镜头，我选择了一支带有微距的镜头，尽量接近被摄物体，同时设置了最大光圈，以获得更浅的景深效果，最大化的虚化了背景。

　　参加朋友的婚礼，信手拍了一朵百合花，焦点落在了花蕊上，浅浅的景深使得花瓣变得十分的模糊，这种效果是典型的微距。

　　拍摄微距时，要选择高速度，不然很容易因为手的抖动而使照片变得不清晰。

摄影自始至终都是会给人们带来新奇的一门艺术，我想你会为这份新奇感而不断挖掘自己的生活，你也一定会享受这个过程，摄影本身也一定会回报于你真心的愉悦。

　　本书浅显地讲解了数码摄影的基础知识，相信会对你的寻美之路有所帮助。我们愿意做你的向导，带大家领略美好影像所带来的无限乐趣。